LUCI COLLIN

Poesia
ILUMINURAS

Copyright © 2019
  Luci Collin

Copyright © desta edição
  Editora Iluminuras Ltda.

Capa e projeto gráfico
  Eder Cardoso / Iluminuras

Revisão
  Jane Pessoa

CIP-BRASIL. CATALOGAÇÃO NA PUBLICAÇÃO
SINDICATO NACIONAL DOS EDITORES DE LIVROS, RJ
C673r

   Collin, Luci, 1964-
     Rosa que está / Luci Collin. - 1. ed. - São Paulo : Iluminuras, 2019.
     96 p. ; 19 cm

     ISBN 978-85-7321-611-0

     1. Poesia brasileira. I. Título.

19-56188   CDD: 869.1
                      CDU: 82-1(81)

2020
EDITORA ILUMINURAS LTDA.
  Rua Inácio Pereira da Rocha, 389 - 05432-011
  São Paulo - SP - Brasil
  Tel./Fax: 55 11 3031-6161
  iluminuras@iluminuras.com.br
  www.iluminuras.com.br

SUMÁRIO

Alinho, 13

Ardor, 15

Incombinados, 16

Traço, 17

Lida, 19

Rogativa, 21

To beat or not, 23

Carneirinhos , 24

Acontecido, 26

De se fazer, 27

Reencontro, 28

Teatro de animação, 29

Dispêndio, 30

Cinzel, 32

Peça, 34

Encarnado, 35

Primeira pessoa, 36

Rosa-após, 38

Manto, 40

Profusão, 44

Exercício, 46

Shikantaza, 48

Lembrete, 49

Desvestimenta, 50

Legião, 51

Aos pés da letra, 52

Descoberto, 53

Segunda ordem, 54

Remissivo, 56

Raso, 57

Hábitos de ação, 59

Terso, 60

Terso análogo, 61

Auto, 62

Parecer, 63

Sandálias de um esquecimento, 65

Morada, 67

Declaração, 69

Fibrilha, 70

Nestes termos, 72

Saque, 74

Variante, 75

Macaréu, 77

Queima, 78

Mais chá?, 80

Mística de invernia, 83

Saudades-roxas, 84

Acordo, 85

Minudência, 86

Oferenda, 87

Revoada, 89

SOBRE A AUTORA, 93

a
Anice Cury
Vanessa Tomich
Mauro Tietz

meus tão queridos

ALINHO

É preciso voltar
às rosas mais antigas
e suas exuberâncias
e seus frêmitos de infinito
às palavras surgentes
às vozes prometidas
nos ecos do que amanhece

é preciso voltar
aos gatos que compõem a noite
às cálidas cantorias
ao flagrante do gosto
aos votos interrompidos
às garatujas nos muros
às cigarras já sem valia

voltar será sempre preciso
girar a chave de formato único
pisar nas tábuas lassas e confessas
ouvir o apelo do oco
a ascese dos liquens no tronco
fazer irromper acenos que
contem não só desfechos.

Os silêncios recuperam
a porosidade das rochas

o advento das peças da flor
o insabido da brasa
e a razão à palavra.

É preciso acalentar
o momento em que se resolve
a história do espinho

e saborear
o estremecimento.

ARDOR

anoto tudo
disseco e penso em sinceridades de juízo final
sem elaborar silogismos
sem fabular beijos não dados
sem inventar flores não vindas
registro
cada centímetro de uma raiz que avança pela terra dura
mas conto quando chove chuva fina
e das carícias da água sobre a secura
inscrevo
meus movimentos de espantalho
minhas andanças de palafita
menos meus sonhos de relevo e ouros que esses não tive
e sim os restos dos dias que raspo dos pratos
e qualquer coisa das sedes que tive também
conto
que importa aqui abrir as cortinas mesmo e por isso
inventario
roupas   em seus romantismos de alvuras
dias   em seus devaneios de serem sempre um hoje
dores   em seus descabimentos mais conformes

e numa valia de compêndio o qualquer rabisco
toma a forma da palavra imensa
que se abriu para o incêndio

INCOMBINADOS

essa algazarra dentro do peito
essa noite longuíssima
o sinal que fecha
e eu tanta pressa
essa valsa em que se tropeça
eu tentando segurar as águas
querendo soltar as rédeas
regando o que quer que seja que fosse
e esse estar alheio a tudo que é de fora
esse dia cheio de tantas horas
o sinal que abre e eu a marcha lentíssima
cena editada esse iceberg no meio da estrada
tal o inesperado abraço no vagão do metrô
e vem taquicardia mas é retrô e só rima
fanfarra tal gambiarra no meu peito
essa prece indébita tal mal súbito
a alforria que foi parar no lixo
esse lapso esse colapso
a praxe do trocadilho
esse não faz isso
esse está feito
esse vício

TRAÇO

O primeiro nome da coisa
era mover-se
sim, era coisa alvorecida
e contava fábulas e até
um filme
e nela se multiplicavam
suspiros   réstias   inciência

era coisa de um calor e de presença
abraço de resgate
trama de salivas
olho de bicho no negrume
e se se encostasse o ouvido
confiava branduras e recolhimentos

O nome da coisa era movível
e espanto
era para ser tocada em silêncio
era para estar no que é
a brancura do imediato
o princípio de alguma justeza
a orfandade do escorço que foi pro lixo
e da bênção

O primeiro gesto da coisa
era tocar-se
era ater-se
e por isso sabia-se curso
e contingente de gozos
da mais intrigante tessitura
era a primeira maçã
(quiçá arrojos de incendiar-se)
e a infinitude
com marca de grande alvoroço
o verme e o descalço

e veio vinda boa nova
espaço que se desabotoa
para que as palavras passem
e onde a menininha
de um certo lugar figurado do mapa
guardou (escondeu?) depositou
        um caracol
que tudo sabia do quanto importa
dizer-se

LIDA

nesse dia mesmo
em que se é pura perda
em que se sofre saques e ludíbrio
    catar os cacos
porque seguem tendo a mesma feição do todo
    ajuntar migalha e estilhaço
e conjugar em modo subjuntivo
porque se quer depurar o que nos diz
o exórdio das rosas de inédito semanticismo

e não se pode demorar tempo
porque instaura-se um limo impeditivo
e mirram-se asas e expiram voos
e não se queira demorar tempo
porque precisa-se de quem cuspa firme à distância
de quem preste-se a ter os pés queimados pela brasa
de quem espane o logro dos discursos ferrugentos
e delate a rigidez das pétalas dissimuladas
de quem cutuque de quem esgaravate
porque nesse dia mesmo
não se pode mais tomar como acalanto
a ode espúria dos cínicos
e não se pode mais tingir de falso rubro
o fundamento do sangue
e não se pode permitir que façam gorar

a pulsão apta e evoluída
flórea e vigorosa
do verso

ROGATIVA

dá-me o que for sorrateiro
que interessa pouco o volume dos cântaros

que entreguei-te inteira a ganga e a profanação
das juras

abençoa-me com teu desbragado
rio de margens múltiplas

que há tanto acolhi teus dedos
na púrpura deste entardecer inúmero

toca-me as chagas rega-me os sulcos
consome o lúpulo da despensa

sem cerimônia entra nesta casa
escancara a luz que inventou a fresta

e cede espaço em tuas mãos inteiras
tornada trilha cada uma das linhas

torneia as licenças imerecidas
e eviscera teu cumprimento de trato

que inaugurei-me única como o escarlate
abriu-se em flor completa

dá-me o que for sigilo
que interessa muito consagrar o raro

rasga a virtude dos amantes
amanhecendo

rege o refúgio dos famintos
nos desvãos dessa esmerada sorte

que entreguei-te inteiro o líquen e seus desertos

a cisma
a polpa
a imensidão

TO BEAT OR NOT

de inédito a alma lavada
que o vinho cravou de instintos
      pego carona até o fundo do sétimo mar
      faço rima com deuses estabanados
você pula do trem em movimento
escampa no pangaré do carrossel
atira-se do edifício em fúria

jogue-me suas traças
mitigue nossas cinco mil chagas
      vocifero como se calasse
      calo como se florescesse
nós o par eterno de incomunicáveis
cenas que a espera requenta
mapa que a véspera apaga

um bongo de som bélico apascenta
palavras improvisadas
rito de dias sem dono

beija-se o chão sem rumo
o céu traga a reta infinita e vira
      destino
esse tanto escrever
sobre si
mesmo

CARNEIRINHOS

aqui a família completa
e seus segredos em fascículos
e seus alaridos desfolhados
crônica no papel intáctil
a pátina e o alvo
o ácido e a borra íntimos
o que é transmitido pelo umbigo
o que é sina
o que é sismo
o que talvez soe monstruoso

com títulos pronunciáveis
multiplicaram-se às centenas
você é bela
você é belo
mas jamais jorraram certezas
as prestações da casa foram sofrenças
nos olhos permanecerá o longínquo
a fome omitida por descuido
a desútil fuga do inseto
e mão nenhuma precisa transmitir recados
a seco

as relevâncias imateriais
dizem que você é imenso
jamais direi

jamais disse
e o limite se apresenta como um tapete surrado
por onde passaram milhares
em desfile
em desespero
em indiferença

genealogias vencidas e camadas de tecido
silêncios reformados   rocas desassistidas
e suas propostas em quarentena

vida com apetite de marcha
delírio com gosto de argumento

ACONTECIDO

buscava a outra claridade
aquilo do invisível que o gato vê
aquilo de esmero na confusão do jardim

buscava o outro ouro
aquilo do magma no exercício de fundir-se
aquilo do frescor num recitar juramento

buscava o outro final da saga
aquilo de soprar deixas no escuro
aquilo de fundar os dogmas juntos

buscava a outra simetria
aquilo de imortal na ode ao rosário
aquilo de avocar a rescisão das jaulas

além de tudo buscava
cavalos já saciados numa fortuna
de pasto   de verão   e de afago

além de tudo buscava
a mesma boca a mesma sede fecunda
no querer da mesma água
                              num só trago

DE SE FAZER

quando desenlouqueceu
amélia pôs-se a queimar a comida
a adoçar a sopa
a ter vaidades ruidosas

queria dançar mazurcas
quadrilha   tango   burlesca
o que fosse   o que desse

queria pintar-se   alçar-se
exercer-se

viu sua cara no espelho
deu sua cara a bater

banhou-se   perfumou-se
batizou-se

e tratou de aprumar
as asas que a vida lhe deu

aquilo sim é que era voo de verdade

REENCONTRO

alguém que vem para fazer o fogo
perpetua a vinda como dádiva e dom
alguém que vem para desferrolhar a porta e
as antiguidades das portas
permite o querer-se tanto a luz
inaugura inícios e desvelos de amanhecimento
e inclui tiês cardeais sanhaços e experiências que
cumprem o rito
de emancipar vermelhos

alguém que consagra a alegria da escuta
o alento da carícia e da proximidade num olhar
avulta ao compreender o código de abandono
das folhas   das lesmas   das verdadeiras leis
e suspira e tudo se agranda ao pertencer
ao mistério maior
da sombra dos ramos na parede
da bulha do enxame ao meio-dia
da moça que se viu de soslaio
        carregando três girassóis

TEATRO DE ANIMAÇÃO

nada têm de frágeis
nem você nem as coxias
isso agora é litúrgico: rubrica

deixas prescritas sobre a cabeceira
ritos que decidiram voltar
que improvável poema de amor seria esse
um espetáculo por dia
e as frases dizem que tudo é só um esboço

que poema de amor improvável
eu pronunciei nomes errado
e a própria encenação esmaecida chora
as imagens se resolvem sob improviso
e minha compleição é abismada e gesticula
e os bonecos desdenham de cordéis

aqui não se discute apetências
desejo posto para secar no varal e chove
alastro e escavo de tempos em tempos
meus ressentimentos e tanta saudade que vai
pelo corpo de tempos em tempos

que poema improvável
que amor improvável
olhar fixo esse invisível
mapa de cena

DISPÊNDIO

o homem sem antiguidades
deixou-se esquecer em córregos e ecolalias
e foram antes pálidos
os ávidos vocábulos sem contorno
cuja promessa distinta de amparo e
aquela destreza de dança
ausentaram-se apenas

a mulher sem primórdios
outrora íntima de algum centauro
e de amanheceres fulvos
retalhou a fé dos inícios
aferrada ao logro de seus próprios centímetros
e quem sabe de negrumes
extinguiu prenúncios e
tornou-se ensaio

e foram rotina o sorriso murcho
da papoula assente
dos galos desfigurados
a concórdia das pedras na rua submissa
e os passos já contestáveis
evolaram-se

esse casal com nenhum enredo
em cama nenhuma

não fora pela respiração das avencas
quase se desapercebe
num vendaval de ácidos convívios
de escassos enxurros
foram de uma colossal monotonia
as carícias confusas
das mãos anêmicas
(que serviriam então para conter
a tosse)

as marés entristecidas
com a inoperância dos amantes
despedem-se sem remorso
da ideia de fluxo
e no desdém do que se esgota
fere a inventiva dos peixes
e dos justos
na bruta omissão
do repouso

CINZEL

esse caminho até o microfone
como é imenso esse palco
é coisa imprecisa mesmo
sem nome de batismo
como talvez eu todo mundo
sem possibilidade de escape
o que dói
o que quase destrói

há uma mentira e eu tão extremos
que não escuto   que não entendo
e as pernas o engesso
e não corro   não cogito   não fundo

tudo escancarado
inclusive o plástico real dos lírios
o mercúrio sonoro das febres
e o tempo que desfilou estrofes incompletas
tornará tudo sublime
e todas as portas se destrancam
e todas as vozes se confirmam

talvez o mais forte o mais florescente
seja o que nunca diz nada
o que definitivamente
cala   protege-se com armas
manda que subam a ponte

talvez o mais nobre
talvez o mais pródigo seja
o que dorme até tarde
o que é até tarde
o que arde

seja o que não abaixa o olhar
o que não precipita reprimendas
nem louva a profundidade do fosso

o que gargalha solto
mesmo quando a sobremesa
é osso

PEÇA

o homem
em mim
esculpe
     (lentamente)
cicatrizes

a mulher
em mim
refaz
     (ponto por ponto)
a estrada

a estátua
     (olho por olho)
refaz
em mim
a mulher

o homem
em mim
fabula
     (solenemente)
cigarras

ENCARNADO

dos terremotos guarde que serão sempre profanos
(resfolegar de uma esfinge)
e aqui tudo ficou grande e ininteligível
um sem porquê ilimitado   um quê de gracejo
(relicário em meio às chamas)
um bocejo apenas que acorda antes da gente
espinho no dedo   inseto incômodo
a flor que despencou do muro

que cheguem os novos com suas ruidosas litanias
com suas mutações impreteríveis
que se imediatem desde estrelas a surpresas
que tudo se inunde de revindas
e que se durmam sonos jamais utilizados
caudalosos sonhos de rio seco
e tudo que em você resta uma máscara
tal sua cartilha de usura   medo   e ira

do vazio ainda se guarda que é sempre sagrado
e é por ele   para encontrá-lo ainda que de relance
que se escava a terra e se transporta a montanha
que ainda encosta-se o ouvido na concha
para ouvir seu sussurrar renitente:

decifra-me ou te devolvo

PRIMEIRA PESSOA

cometeu uma pequena gafe
e apresentou a vida errado

deveria ter pulado a parte
do pai e dos filhos
dos cisnes e da ventania
da mãe e dos dentes

não poderia ter esquecido das dissidências
das vênias dos protagonistas
das letras que seguem acorrentadas
na capa da revista

todos sabem e sabiam
talvez ele esteja cansado
volte sem um membro
talvez ela esteja distraída
passe as noites gritando
talvez ele ela
fuja para sempre
esqueça o nome das filhas
nunca mais pare de fazer citações
conjugue verbos mutilados
desenhe finais de tarde improváveis
queime a comida
cuspa no prato em que bebeu

pule todos os capítulos
opere as máquinas sem cuidado
quebre os cristais e a cristaleira
desidrate
cisque o terreiro e acerte as previsões do tempo
erre as manhãs

talvez não volte
reze um rosário do alheio
rindo muito e eternamente
porque nasceu-lhe aquele musgo no peito
e nem mesmo o bispo tomará conhecimento
de tanto mistério que faz maturar a fruta
intensar seu gosto e então
desvigorar-lhe tão pouco a pouco

guardando o portento
do caroço

ROSA-APÓS

tudo é velho
mas teu sorriso está a salvo
com alguma esperança
deposito aqui velhas perguntas
que reerguem noites e seus sustos
éguas madrinhas com seus cincerros
que eternizam suspiros
que estancam o fluxo das faltas
que nos fazem

hoje o verso é álgido
é um beijo velho e roubado
um vinho magoável
uma carta sem ter destino
hoje o verso é uma vozinha inaudível
que confundirão com esgares

deuses esqueléticos engolem pão e serragem
e sonham que sangram
e seguem pintando as rosas de rubro
pintando sofregamente as estrelas

criadores reinventam as nuvens e mais
astros e sóis remotos
depois cospem de lado
e

na solenidade do descaso
os dedos espantados cobrem todo o teclado
tentando fugir talvez
em inconsolável desgoverno
na mais precária consciência
tentam alinhar-se aos reboos

ora é lótus ora lodo
ora uma cor de remanso
ora subtração e retorno
e vamos recolhendo
as pequenas mortes
lestas manhãs
todo dia

quando encaro o rosto de frente
aos olhos falta o hoje

falta o olhar no seu rosto

agora tudo é grave
e ao mesmo tempo acessório

o incenso que queima rápido
nos devolve
a solidão original
em forma de
cinza

MANTO

Negror
do papel em branco
com seu hálito de dália encruada
e negror da palavra mágica que na hora azada
não funciona   foi esquecida
faltou à boca

negror
da fenda na terra
da trinca na louça tida por herança
do corte por descuido
e das frases pronunciadas
só no escuro

negror
da tela quando o rolo engata
da película velada   tomada pela luz
negror por dentro quando acaba o filme
quando o olhar derrama

negror
de ir só pra casa
na noite invalidada em que garoa
de ir só pra cama
o aquilo tudo que trucida também
finais felizes

negror de entranha
de espinha de peixe no rugido
de estrada sem acostamento
de unha encardida e indisfarçável
de beco
de porta com trinco vencido
de fêmur exposto rasgando a forma
e
negror de lama e poça
de água parada de olho vazado
de poço em sua máxima secura

negror de choro
equívoco imperativo
de sacralidade de anacruse
do fôlego ímpar de anapesto
de esfoladura e da sede lenta
dos fadários sem serventia
da guelra que não vence o excesso
de se estar vivo

negror do acidente no meio do pentagrama
e das figuras minúsculas e brevíssimas
da partitura borrada
do molde das montanhas no longínquo
de fruto assustadiço em si caroço
de dente que se esqueceu sorrindo
e
negror da rosa dos ventos
no estio   na calmaria

da bússola acomodadiça
e da bandeira e seus nuncas

negror
de mão que acaricia
a mão fria

negror do definitivo
das pálpebras cerradas
das estátuas sem pupila
do cardume engolido
do inseto no sob a pedra
e da pedra encantada
na vitrine

negror da ferida
e das cirandas que movem fantasmas
do anjo caído
do sapiens caído em tentação
da vala da viela do degrau solto
da telha trincada
do tempo pesando na pele
do olhar sem tempo

negror de ovo choco
de desatino de bicho no galinheiro
e das geleiras e dos incêndios
negror e desespero da carta não lida
negror dos mundos assustadores

de empecilhos
e dos discursos poluídos
e dos dedos que se desfazem
de vulcões que aguardam anos eras
de manhãs não sobrevindas
da batina que roçou seu rosto no batizado da prima

negror
das palavras doentes e desusadas
ensandecidas pela espera
e das manhãs soterradas
e do vale que não aparece no mapa
nem na palma

negror da neve pisada
das folhas podres
do veneno na língua bífida
do sol desmaiado
da canção em outra língua
da febre que nunca mais cede
da flor que fede
do curso do rio desviado
do cesto largado na porta
do estômago fundo

negror que fora
subtraído alvor da frase
da vida
negror do ponto.

PROFUSÃO

o que quero dizer-te meu amor
é como a água
e eu cedo meu corpo submerso
e tuas mãos coloridas que espalham
flores infrequentes
e tua risada que abre meu ventre
faz acumular luas

e como água nenhuma
o teu contorno me ocupa
é a tua letra firme que me inscreve
inaugurando arenas e granitos
traz touros que irrompem
traz a euforia do usufruto
e o sol cobre o gramado

não sou mais nenhum segredo
minha aflição guardei-a
as tempestades negligenciei para sempre
perpetuei os vermelhos mais nítidos
de ser imensamente fêmea
os mais infinitos acenos
entreguei-te
um desenho de rio sem margens
e toquei teu rosto de amigo

o que quero dizer-te
é como a aurora
quando respiras sobre mim
eu tudo que se encharca pelas madrugadas
o que absorve e o que é solércia
e tu o que ingressa o que trespassa
o que move e restaura
é como a seiva

a noite assegurou-nos cadências
e tomas com tuas mãos inusitadas
o brilho suspenso
e colhes com teu artifício de cúmplice
acertos e tudo o que conflagrará oceanos

no que quis aqui dizer-te
no que disseste em mim

EXERCÍCIO

sim houve um tempo em que você sorria
porque a noite era filigrana
e o próprio tempo encontrava casa e comida
na sua possível risada
branca e esférica
um tempo em que você plantava
porque a terra era unânime
e a própria semente via-se querer

tempo em que você deixou raros bilhetes
distribuiu prendas e especiarias
e trocou a água do mar
e guardou cada um dos peixes nos olhos
e balançou as pernas no final da tarde
e varreu sempre a varanda estreita da casa
todo santo dia

na repetição do gesto
no em nome do pai
a conta cumprida no terço
a pedra a deslizar firme no ábaco
a aurora vindo
ondas se sobrepondo à sua própria exaustão
e o galho entendendo em si a folha caída
e a terra calando a cisma da placa tectônica

na minha crença de mansidão
na depredação dos arcanos
herdei nenhuma clareza quanto aos enunciados
do ventre   do vulto   da derme
(pensei gosto, delícia)
herdei nenhuma doutrina
(será minha alma jogada ao cardume
afundará a tempo
perderei os olhos primeiro?)

agora ao lograr a concessão do silêncio
que mesmo muito se quer
plantarei figos   ruminarei rios
cuidarei de lucubrar ritos
e encontrarei você ali mesmo
varrendo a cal da varanda
remindo o sal rouco das águas

absolvido do súlfur do tempo
romperá um recurso em cada sorriso
todo santo dia

SHIKANTAZA
4 POEMAS ZEN

I.

Apenas sentar
Trânsito de naturezas
A rosa sorri

II.

Rosário de neve
A montanha e o contorno
Guardados do olhar

III.

Manto de retalhos
Bordado de um pinheiro
Tudo por crescer

IV.

Do pinheiro negro
Agulha no *rakusu*
Araucária aqui

LEMBRETE

o envelope rasgado às pressas
o caco da porcelana dócil
o dedal exíguo   o leque descorado
a coleção de descuidos
                uma miniatura de abraço

e agora
serão exatos todos os saltos
serão inúmeros os sonos
não há termos científicos o suficiente
serão precisos todos os gritos
para nomear olhares incandescentes
que sem cerimônia relataram espanto
de fugidios contornos
de ardores manifestos
de saudade e de despovoamento

da mestria da palha que apodrece
dos beijos sós e selvagens
do rol alegado no próprio batismo

como se acredita no laço de fita
como se inventa uma infância
como se espera uma febre
como se talha um amor

DESVESTIMENTA

A rosa é sem porquê;
Angelus Silesius

da rosa apenas se dizia
que ali estava
contava-se do timbre de suas litanias
mas nada sobre haver inflexão em sua
bordadura

pela frágil intenção de tocá-la
talvez algo se duvidasse
da sobriedade das cantigas
que a coincidência das pétalas
admitia

antes, da rosa apenas reportavam
rasgos e alvitres presumidos
e seguia esfíngico o mais particular
de sua conduta, à semelhança de seu
requinte

ora, da graça encarnada ou tom que seja
uma presença férvida se insinua

engenho de pôr-se aqui escancarada
no quanto aqui está a rosa
em si
tão
nua

LEGIÃO

guardar o raro
    não o da torre
    não o dos longos discursos
mas aquele da gota
e do voo

manter preservado
o fogo
resguardado o gesto
de constância inefável
mas que carrega em si eras
e sagrar a transmissão
dos passos

permanecer não
na compreensão do sentido
da frase   do movimento

mas na claridade
do repouso

AOS PÉS DA LETRA

não sei você
mas eu por dentro estou quase num
nem existo   quase na lona no limbo
na face escura da lua
na rua a ver navios
quase imprevisto

não sei você mas eu
por dentro estou com um estrepe um engasgo
parece indeferimento
por dentro é rés movimento
é sem balanço   sem serventia
por dentro um estrago

não fosse o colibri aqui faz pouco
tinha me abstido dessa cena
tinha desistido desse filme
— espelho bissexto e algo turvo —
não fora o sol que entendi esplêndido
passava batido o entardecer vermelho

pela natureza desse ofício
pelo oficioso desse esforço
não sei você mas eu por dentro
sou só
                    texto

DESCOBERTO

do ritmo
e muito também do invisível
do à flor da pele
e tanto também do inativo
do barco que voga
e do torso de borco
do senão do vício
e do equivocado conforto
do logro
e muito também do fascínio
das linhas
as frases
que constroem o muito do baile
que constroem o corpo
o tempo do corpo
a alforria
as rotas de retirada
seus lamentos
que remontam as madrugadas
que enxotam anjos
que confessam feridas
que subtraem os esquecimentos

ah era pra ser só um canto curto e displicente
aquilo para ser deixado

sobre o imediato

SEGUNDA ORDEM

por amor à retórica de contas coloridas
de arbítrios do riso puro
por amor às loucuras vendidas a granel
destapei a garrafa

por amor por impulso por curiosidade

têmpera de animalzinho
aquilo que não nasce não acontece
sem o missal das marés
não irrompe

os livros que fiquem fechados
ou as palavras debandam
ou as palavras provocam pruridos
e o constrangimento de um jasmineiro
feito uma seresta

da sua boca das verdades floridas que disse
(pirita à semelhança de alteza)
eu levarei as peças espalhadas e o gozo
do espantalho
da sua mão as louçanias que deitou na terra
eu colherei silenciosamente um fruto seco
mas sem nenhum ressaibo
sem nem um soluço
só a integridade do verão passado

na exatidão desse assim
por amor aos tigres
por amor imensurável aos rastros
e a antigamente
me coloquei à margem
para observar esse espetáculo
sem palco
êxtase das moscas sobre o esterco
a última tosse
o último destempero

por amor por distração por incúria

o que estará para sangrar mesmo
para desocupar o espaço
levando as perguntas todas
derretendo úmeros feito geleiras
reciclando ursos sem discurso
sendo a carícia impertinente

já que os sentidos são insubmissos
já que a caravana aquece os lobos
já que eu sairei na chuva e dançando
sem olhar nem nada
sem segurar nem levar
deito as armas   os dados
e celebro o lapso entre
tanto imenso
e o nenhum

REMISSIVO

sim eu tenho um amor
e não se preocupe
abaixe o fogo e espere
que manhãs se restituam
que os verdes proliferem
que romãs se esbocem de novo
e nem se preocupe
se pisam sobre meus passos
se me aquecem com desbotamentos
se a faca que me enfiam vai na diagonal
se danço na bruma se me pulverizo
não se preocupe
abaixe a voz e espere
que o doce encorpe
que o torno arrefeça
que a camada de tinta seque uniforme
sim eu tenho um amor
e não se ocupe com minudências
que não podem despertar
sóis mortos
e esse seu sorriso salobro agora é só pra se usar
em outra vizinhança
em outra tempestade
em outro baile
na lua vazia

RASO

Nesse momento
nessa manhã de alheamento
em que procuro a poesia
por debaixo de pedras
encontro uma palavra boa
e algo quente
entre outras tantas
mutiladas e evanescentes

eu colho a palavra
com aquele encanto de recolher
a concha íntegra
em meio a abrolhos
a concha única
que guarda íntimos êxitos
recônditas disciplinas
seguras perto do torso

é palavra-espelho
palavra-grão
palavra quiçá ventania
que varrerá meu desconsolo
e talvez varra parte da loucura
desse querer entender

som   susto   e cansaço
das flexões imprevistas

golpe do remo
quando toca o fundo.

HÁBITOS DE AÇÃO

impulso de exposição
e um tipo de dança por dentro

na foto da cena cintila só
o corpo santo
seu plástico tradicional
carrega edições e escolha
seu marionetismo rega melancolias

vazam dobra e várias manias
(micagem quando ninguém olha)
o boneco é obra-fonte sem vínculos
talvez feita de efêmero

enquanto a noite é boa e eu tenho mãos
enquanto arrepios mantêm correspondência
enquanto o gosto é tinto
enquanto canto e ouço cantar

me pergunto quantos minutos
ainda tenho
para inventar
uma sobrevivência

TERSO

sombras tomam o espírito
e então limpamos as ervas do jardim
em silêncio absoluto
tiramos o pó do templo
e novamente e então de novo
recolhemos as cinzas do incenso
porque as sombras tomam nosso espírito
limpamos e repetimos os gestos
não porque não se entenda a sujeira
porque se infira anistias
mas para purgar as fraquezas
as brechas   os rombos
a mentira que vem colada
aos desejos de eternidade
limpamos o caminho entre a porta
e a estrada
a porta de saída e a estrada de infinitude
lustramos o assoalho
dobramos toalhas
reposicionamos pedras
cuidamos de varrer no sentido das fibras do tatame
não porque haja pacto com o limpo
mas porque às vezes são as sombras
que assaltam e impedem que o espírito
mova-se
cristalino

TERSO ANÁLOGO

1.

     assoalho limpo
     folhas secas numa pilha
     sombras se dissipam

2.

     a coluna reta
     a sede em segundo plano
     o espírito é alvo

3.

     limpo o que nem sujo
     pássaro desse setembro
     uma alma sem pó

4.

     retirar o lixo
     o excesso cotidiano
     rostos se dissolvem

AUTO

> *en las letras de 'rosa' está la rosa*
> *y todo el Nilo en la palabra 'Nilo'.*
> J. L. Borges

na noite construída de emergências
delira a rosa crendo ser tão pura
declama um trecho espúrio da elegia
em que o amor é símile de ventura

a rosa enlouquecida cospe sangue -
perdeu-se enfim no cevo das esperas
de estrelas por demais indiferentes
a ela tão devota de quimeras

perplexa com essa paixão dolosa
a rosa enfrenta o breu da agonia
as pétalas revés da sina bruta
cingidas pela cor da inarmonia

enfrentarei teu aço e a prata escassa
do espelho da flor que se desfazia
declamo um verso turvo dessa história
da dor da rosa que eu não sabia

PARECER

esse frio fora e dentro
o casaco desertado sobre a cama
paradoxo de mármores e sangue ralo
o susto escorrendo e acorrentado
e qualquer palavra transformada em prece

e qualquer janela a carregar sons de lamento
o que virá de fora
fome   peste   gafanhotos
são camadas do tempo no dicionário
a rua o discurso em terceira pessoa
o alívio em quinta marcha
e a respiração
um instrumento autônomo como uma faca
o telhado tomado por musgo e empenho
choverá no lado dançante do ritual
e aqui dentro

o mecanismo de retorno era a foto da ocorrência
era o risco que foi verso nos muros
era o conceito emprestado
que desbotou com o século
a palavra lavada sobreposta   a tinta asfixiada
o grito que desistiu

a querência da carne virou rumo

frágil sim e triste
uma tipografia encerrada
um documento lavrado um campo
os tipos são glorioso evento
do santo fechado no oratório
o sangue improgressivo é o próprio milagre

entre conversão e mutismo
sou só o elemento interpretante
e o tempo de colheita é um regime obtuso
ergo os ruídos para mostrar a todos
a fúria dos incêndios e dos cursos

mas antes
mudou-se de estação
mudou-se de canal
e a cena à qual se assiste
mostra o girassol desobrigado
mostra a deriva do bloco de gelo

o bicho e o resgate do bicho
não poderão esperar
a temporada de pressa

SANDÁLIAS DE UM ESQUECIMENTO

existindo num vão
eu
a coragem da rês marcada que recebe
o imperecível da cor
a parte mutilada que se reinventa
a escara que se anistia
existindo no retalho
eu
o corte que é atributo da troca
existindo na apara
eu
a eficácia do retorno
as invenções presas no momento da imagem
eu
passando tão devagar pela ponte
este estar entre
eu
e o que faculta a prática dos sorrisos
eu
com os dedos parcos do pensamento
e o que permite revelar tesouros
eu
não sobrevivo sem a fixação dos pigmentos
na consagração do coro
eu
sem o indelével sinal de nascença

nessa intempérie rebatizada substância
enorme invisível não
sobrevivo mais
eu

MORADA

num serenado rasgo
numa lida de saudade e míngua
na palidez de móveis e retinas
no jacquard adamascado contestável
no solfejo da vareja moribunda
o tempo antigo devolvido
faz o coração pulsar em *staccato*

e tudo começa com galos aflitos
e mãos que tateiam olhos avulsos
dos movimento na casa sabe-se de cor
a liturgia dos encargos e dos sinos
a cerimônia de fósforos falhados
a lenha num queimar subjetivo
a inquietação dos pertences nas valises
no fundo dos bidês uma oração pros mortos
na gaveta emperrada da cômoda
a camisola virgem

naquela hora
naquele quarto com postigo
naquela banheira de pés vitorianos
frente ao espelho provençal oxidado
frente ao sorriso desprevenido
naquela hora naquela copa mesmo
naquelas xícaras naquele açúcar controlado

sobre a toalha de listras descoradas
ouvindo o relógio desamanhecido
em meio aos farelos do pão de milho
o minuto-ano
o minuto-antes
o minuto-sempre

a palavra mansa
macia mesmo
que a mão destra descasca e saboreia lento
pede para ser disposta em gomos

e o pátio perfeito
visto da janelinha
é o infinito das pedras de encaixe

DECLARAÇÃO

que disparate tentar falar de amor
num poema   neste poema

não se conserva do outono
o adágio do pássaro
não se leva para além da memória
o delírio que a boca conheceu da fruta

sem nada saber de você
as cartas voltaram
os búzios se confundiram
a noite é pura orfandade
eu atravessei uma rua além do infinito
e eram areias e cansaço
e o tempo passa devagar tirando lascas da gente
e a chuva corta
e o tempo passa devagar
e escorrem as lembranças boas
que eu queria colar num álbum
escorrem numa lentidão de quase insanidade

sem nada saber de você
sei que quando se esfarelar
a última flor dessas que eu seguro
desapareci

FIBRILHA

dos mortos
escreva-se a lápis

cúmplices da ferrugem que tomou
as margaridas
olhos erguerão os mais toscos
estribilhos
mas a noite aluga peças
a preço aceitável

temo o lugar da solidão
no mapa da loucura
e temo regar vasos no passado

eu transgredi a linha
dançando uns passos furiosos
e medonhos

estive inverno e artefato de sobrevivência
vi a ponta dos pinheiros novos

eu acolhi inocentes
crendo que respiravam
e rebrotaram lázaros de abraços impolutos
com o ouro infinito da esmola
deu-se de comer às índoles mais mofinas

e depois veio a chuva alegórica
que inaugurou mares e grandezas
que instituiu as lendas dos isópodes
que rarefez os gritos na areia
que imantou as águas das correntes

e numa multidão de omitidos
foi encontrada a senha a seta a guia
e a partir daquilo estatuiu-se que
os corpos e seus cansaços serão grafados
com tinta mesmo
para que os levem

para que façam sentido
as ondas
e seus desmaios

NESTES TERMOS

no quarto de dimensões
ínfimas
não há a possibilidade de se ter
passado

não há estantes para se acumular frases
alheias
não há reentrâncias onde se entocar
poses
para se pendurar bandeiras (gritos?)
ícones evolaram-se quando
aurora

não há nenhuma caixinha
nenhuma possibilidade de se guardar
segredos receitas moldes de indumentária
gozo

o soluço é confesso
a solidão é primazia serena

das palavras jamais se constatarão
indícios de insegurança

(a pretensa vitória sobre minha pele
é prática nenhuma — a mão desgovernada mentira)

da manhã jamais se compreenderá
a indiferença

SAQUE

sim, eu roubei duas três mil imagens
e pensei em fazer a melhor ponte do continente
sempre fui ingênua
pensei em fazer a melhor estrada para o rebanho
sim, com imagens apropriadas
sempre fui de uma pretensão sinistra
eu espiei aqui e ali e sorrateiramente
surrupiei as imagens enquanto uns dormiam
enquanto se espreguiçavam
e pensei em fazer uma trilha nos impenetráveis
sempre fui lunática
e pensei em estabelecer uma senda
sempre fui esquizoide e enfermiça
e pensei em fazer uma sentença
reunindo inconciliáveis
e pensei em fazer brotar surpresas
e atmosferas únicas e limpas
mas sempre fui provisória e insubmissa
é o que sempre disseram de mim
já que afanei usurpei extraí
uma imagem e apenas
uma
talvez do altar
talvez do nicho onde as relíquias
ou talvez aquela uma frágil e guardada só
no gesto
sem reprise

VARIANTE

a dor do animal
em mim
recruta lendas
faz amanhã secar o leite
faz ontem pisar sobre os cacos
faz hoje ser tarde

o olho do animal
em mim
verdeja lavras
acende a fome
expõe algum desamparo
dança restos

o couro do animal
em mim
encena correntezas
espalha as cinzas
requenta as chuvas
atira facas

o chifre do animal
em mim
declara aprumos
devolve o escrúpulo aos faunos
convence o mestre

faz dormir a sina de fera indomesticável
que com minha mão de pequenezas
toco

e o inaudito sobressalto
assoma viço e sopro
a inferir os vendavais que devastaram
dentros e mais os segredos
os uivos silenciados
que forjaram os corações
do esquecido

e um entusiasmo manso
nasce
da dor sucedida
puro
olho

MACARÉU

ajuda-me a recuperar
aquela alguma flama
das bocas   de estandartes

a mágica das mãos sobre a pele
dedos que se entrançam
em urgências e entendimento
de quando muda a lua

inaugura-me o ilimitado verso
da avidez e de ardências
cura-me a sede da presença tua
o entusiasmo do querer-se
entre murmurinho e atalho

tremor das placas quando se tocam
quando se encostam
afluência dos rios e transbordamento

se as nossas bocas se encontrarem
você completará as minhas frases

QUEIMA

a estrada foi incendiada
as geografias se afadigam
multidões controláveis louvam ócios
reunidas à noite frente às telas
rosnam e ruminam políticas
de boa esquivança

e pulam-se as partes escorbúticas
o céu saiu borrado na impressão
a consciência do espólio oscila
o bem-lembrar foi filmado
a convivência corresponde à medida
a figuração é menor
ritmos escondem rostos
a cordialidade é luzente e instintiva

eu apareço
usando o apocalipse do beato
denuncio e colo
reivindico e oscito
uso a deformidade
mas vai na capa
vai nos olhos
as páginas virão soltas
uso a apócope do malabarista

a estreia é treva
as pessoas se levantam e saem
voam pra longe
temendo o insólito
fogem das velhas do bordel
e viram traços
e viram o mutismo da pele
e viram a febre incontada
dos ossos

MAIS CHÁ?

eu que quisera ser impecável
com manuais e discursos importados de tisbe
e o requinte da porcelana tão não quebrável
de rima consegui risível
apesar das notas exemplares
tornei-me algo branca
e cheia de sinônimos conjugáveis
alabastrina por exemplo
branca e cheia de entulhos
branca e displicente
como é a espuma da onda
e mais um confiar na sanidade do avanço
e do recuo

agora o que sobra
é assim mesmo
é o eco dos que dirão não te disse
festejo a vitória de momices
e de vermes já retirados do índice
flutuo de champanhes e neonlogismos
e acredito muito nos que fingem saber
e finjo que acredito no redemoinho do muito
e acredito menos nos penteados
e menos ainda nos segredos

perdão, pisei em sua grinalda
eu que deveria ser sépala

e nunca reclamar do carvão da hora
e sempre evitar gárgulas em chinelos de dedo
eu que deveria ser neve e chama
que deveria dançar a suíte completa
passei raspando
passei noites e dias só cerzindo
passei noites e dias olhando fixamente o alfabeto
amassei versos
e decorei os volteios equivocados

ando nesse carro que é só sirene
ando nessa curva que desfez o enigma da pausa
pego carona na umidade das esquinas
bolo um cigarro que me promete
a   res   sur   rei   ção
em apenas cinco passos
em apenas cinco mil anos

paro em frente a essa placa
tão explicativa

perdão, pisei em sua garganta
eu que deveria ser de imaculado rosto
assobiei no meio da cerimônia
encenei um primor infausto
vi o invólucro ser desabitado
e mandei pro editorial do jornaleco da moda
uma frase que continha a palavra absurdo
fiz uma pergunta sem pontuação explícita
fiz uma sopa sem ingredientes

fiz um final de semana sem tentáculos
fiz um vendaval sustar agulhas
inoculei pó nas espigas
varri os cavacos
olhei pro teto
olhei pra cima
olhei mais adiante
e decidi
que vi
o vulto carregar pra longe o corpo do tempo
rindo
rindo muito

MÍSTICA DE INVERNIA

para salvar essa manhã
a ilusão escoada

(crença nostálgica em brisa e broto
este depois da geada)

sem antídoto nada remediará
os sentidos faltos

(tudo tão lento
dá a impressão de que nunca)

suspensão e reticência do horizonte
vida ali   por baixo

o que não advindo
       : a fruta perto da boca
       que contemplas indeciso
       em tuas mãos

SAUDADES-ROXAS

exercitando o fôlego que restara
encontrou a pérola no escuro
e as estratégias que anulam
o pão que embolora
o metal em sua real fadiga
e tocou o silêncio de que precisava
e mereceu o silêncio

os incêndios que marcaram a imagem e o olhar
ora são ranhuras são rasuras
são abundantes degredos ali grudados
são espaços de incontáveis palmos
e o que se tem na mão fechada
só um punhado de dias microscópicos
o engasgo de não saber o que fazer com eles
mas são leves   meio inofensivos
e agora estará no passado acreditar que
não são fraude

nesses momentos
ver a castanheira que refloresce
ajuda a acertar quanto de nós sobrará
nesse acordo
e
dedicar o poema aos mortos
nunca mais
dói em dobro

ACORDO

deixa-me tocar-te com mãos irrefletidas
e escandir surpresas sobre o linho

deixa-me surpreender-te com destrezas
e inaugurar febres sobre os cristais

deixa-me dessalgar a tua carne
e introduzir emergências e provar escândalos

deixa-me desguarnecer códigos e mistérios
e serenar sésamos indomesticáveis

para que eras sejam prescritas
para que rompam-se os diques
para que jamais se desconsolem as crenças e
os pormenores

para que a montanha se encha de certezas
e siga resguardando os nossos gritos todos
como o bulbo guarda em si o insuspeitado
lírio

MINUDÊNCIA

para escrever-me
hei de profanar domingos
revolvendo a terra em
busca de pronomes adjetivos
devolvendo à escuridão da
terra locuções e núcleos

para instaurar-me
hei de violar matéria
esquecida   estéril
e erguer a denúncia do sorriso
navalha   insone
e reclamar clareza de céu no absoluto

para devolver-me
hei de buscar o durâmen
de tudo   em tudo
crônica de esperas
enigma de intensidade e asas
debandada de acertos
que se fundam no apuro
da profanação mesma
do que não ri
no dessaber
        do espanto

OFERENDA

The moon is now a silver rose;
Her pollen is the dew.

Vachel Lindsay

nenhuma linha está em mim como princípio

a solidão crava muitas vozes no pó sobre a mobília
a mudez dos livros nos faz olhar pela janela
por trás dos vidros desdém e pólen
por trás das lentes essa revelia
e o presságio de não entender como cabe
tanto silêncio num coração

levo de ti a imensidão do toque susto e surpresa
cristal que as mãos afoitas jamais disputariam
e espuma e um filme emudecido pasmo
que jogará tudo num rio de tempo ablativo

é assim um sorriso teu que bate à minha porta
é assim o paraíso teu que insiste em esgarçar a noite

lembrar é como reviver a valsa afônica
é requentar as preces de sintaxe equívoca

não servirá para nada a flor sem pétalas
que a mão aflita sacrificou ao cometer sonhos

não servirão para nada as minhas mãos precipitadas
alegóricas e trágicas que pensam tanto em tocar-te

o que tenho na prata imensa feita esfera
são palavras
mornas rendidas de pretender um régio enredo
na contramão desse orvalho

então insubmissa da roseira eu tiro esse poema

para dá-lo a ti

REVOADA

as palavras que eu queria
        tanto argumento
ora, quem diria
esse lamento
arrastado e tardo
        esse arrefecimento

os verbos que eu pretendia
        tantos tentos
eis, no entanto
esse vinho intimidado
avinagrado e finto
        esse labirinto

e quem dera
outros tantos portentos
belas emílias e edifícios
de entendimento
risos e advérbios
robustos
conjugações jamais fugidias
quem dera rimas por alimento

e o dia segue sem medo
e a cena do céu é alvoroço
de palavras que voam

sem acordo
levando pro azul infinito
tino   preceito   atitude
num cristalino alarido

ao que pensa em si brios de poeta
resta o longe
das palavras que se queria
das palavras desassombradas e
livres
        (ora, quem as diria)
limpas como o lenço que evocou
tréguas

SOBRE A AUTORA

LUCI COLLIN, poeta, ficcionista e tradutora curitibana, tem mais de vinte livros publicados. Foi finalista do prêmio Oceanos com *Querer falar* (poesia, 2014). Por esta editora tem publicados *A árvore todas* (contos, 2015), *A palavra algo* (poesia, 2016, Prêmio Jabuti) e *Papéis de Maria Dias* (romance, 2018 — com peça teatral homônima montada pelo Teatro Guaíra). Participou de antologias nacionais (como *Geração 90 – os transgressores* e *25 mulheres que estão fazendo a literatura brasileira*) e internacionais (nos EUA, Alemanha, França, Uruguai, Argentina, Peru e México). Leciona Literaturas de Língua Inglesa na UFPR.

Outras obras desta editora

Alumbramentos
Maria Lucia Dal Farra

Ana flor da água da terra
Heloiza Abdalla

Ara
Ana Luísa Amaral

Casa Geraes
Rendrik F. Franco

Dois em um
Alice Ruiz S

Junco
Nuno Ramos

CADASTRO
ILUMI//URAS

Para receber informações
sobre nossos lançamentos e
promoções, envie e-mail para:

cadastro@iluminuras.com.br

Este livro foi composto em *Chronicle* pela *Iluminuras* e terminou
de ser impresso nas oficinas da *Meta Brasil Gráfica*, sobre papel
off-white 80 gramas.